5-6 años

Disney Stitch

Cuaderno de VACACIONES

Papel certificado por el Forest Stewardship Council®

MIXTO
Papel
FSC® C117695

Penguin Random House Grupo Editorial

Primera edición: mayo de 2025
Primera reimpresión: abril de 2026

Printed in Spain – Impreso en España

ISBN: 978-84-19487-43-8
Depósito legal: B-4556-2025

Maquetación: Olga Coderch

Impreso en Índice, S. L.
(Barcelona)

DS 8 7 4 3 A

Información para familias y educadores

Vacaciones con Lilo&Stitch es un cuaderno de actividades lleno de material divertido y práctico. Las actividades propuestas favorecen el desarrollo de las competencias básicas del currículo escolar. Todos los contenidos se tratan desde una perspectiva transversal. Es decir, cada actividad combina conocimientos de diversas áreas, valores, procedimientos y actitudes aspirando a una «educación para la vida».

Materiales: lápices de colores, pegatinas, pinturas de dedos, ceras de colores. El empleo de los materiales debe estar supervisado siempre por un adulto a fin de evitar un uso inadecuado y/o accidentes.

A los seis años, vuestro hijo desarrolla la etapa creativa, va mejorando sus aptitudes para recortar, seguir líneas, dibujar formas más precisas… Además, a esta edad, comienza a situarse en el tiempo, a asimilar hábitos y costumbres, a comunicarse mediante la palabra y, muy importante, a familiarizarse con lo que siente. Asimismo, perfecciona la grafomotricidad, agudiza su capacidad de observación, así como su análisis del entorno y de los diferentes espacios. Por ello, las actividades que se proponen en este cuaderno están clasificadas en cinco categorías:

Escritura Trazar letras y palabras, mayúsculas y minúsculas. Completar frases.

Expresión oral Aprender vocabulario. Buscar, identificar diferencias y semajanzas. Jugar.

Matemáticas Contar, sumas, restas, aproximación a la multiplicación y a la división. Series.

Explorar el mundo Describir y reflexionar. Observar y relacionar situaciones del entorno.

Plástica Reconocer y pintar colores. Dibujar a partir de formas geométricas.

Las letras H y K

1. Añade las letras **H** y **K** completa las palabras. Léelas en voz alta.

............ERMANAS

............OALA

H DE OHANA
K DE PLEAKLEY

2. ¿Qué significa OHANA? Rodea la opción correcta.

CASA   OLAS   PLAYA

FAMILIA   AMISTAD

3. Di en voz alta el nombre de cada elemento repetido. ¿Cuál es el único que no tiene pareja?

4. Escribe el nombre del elemento aislado.

5. Observa los elementos y sigue atentamente las instrucciones:

TRAZA UN CUADRADO EN 2 ELEMENTOS

TRAZA UN CÍRCULO EN 5 ELEMENTOS

TACHA 4 ELEMENTOS

¿Cuántos elementos hay en total?

6. Escribe en orden ascendente los números que faltan para llegar a 10.

◯ 2 ◯ ◯ 5 ◯ ◯ 8 ◯ 10

7. Stitch proviene del espacio. Observa la imagen y contesta las preguntas.

¿Cuántas ruedas tienen estas naves espaciales?

¿Te gusta ir en coche?

¿Sabes montar en bici?

8. Subraya los nombres de 2 vehículos con cuatro ruedas.

COCHE

TRACTOR

BICICLETA

MOTO

9. Añade las letras **LL** y completa las palabras. Léelas en voz alta.

..........ORAR

BA..........ENA

AMARI..........O

LL DE LLAMAS

10. Señala las **LL** que veas en esta frase y escribe el número de palabras que las contengan.

LA ANILLA DEL LLAVERO

NO TIENE LLAVE.

¿Cuántas palabras contienen LL?

11. Lilo está bañando a Stitch. Busca en esta sopa de letras objetos que puedes encontrar en un baño.

B	A	Ñ	E	R	A	E	P
S	F	H	I	O	H	S	F
J	A	B	O	N	R	P	E
I	P	K	D	U	A	E	U
X	E	S	P	O	N	J	A
C	E	P	I	L	L	O	C

- JABÓN
- CEPILLO
- BAÑERA
- ESPEJO
- ESPONJA

12. Y tú, ¿en qué momento del día te bañas? Traza la palabra que se adecúe más a la realidad:

MAÑANA

TARDE

13. Stitch está calculando unas sumas. ¿Le ayudas a resolverlas lo más rápido que puedas?

$$\begin{array}{r} 6 \\ 1 \\ +\ 9 \\ 2 \\ \hline \ldots\ldots \end{array}$$

3 + 7 + 4 + 2 = ...

8 + 3 + 7 + 5 = ...

14. Lilo y Stitch van a cenar al restaurante luau. Observa la imagen y contesta las preguntas.

¿De qué trabaja Nani?

¿Por qué lleva una bandeja Nani?

¿Cómo crees que se siente Stitch?

15. ¿Sabes de que te gustaría trabajar cuando seas mayor? ¿Y de qué NO te gustaría? ¿Por qué?

ME GUSTARÍA SER ....

NO ME GUSTARÍA SER ....

La letra y

16. Añade la letra **Y** y completa las palabras de forma correcta.

.... OGUR

RE ....

DESA .... UNO

Y DE PLAYA

17. Escribe la letra que falta y responde a las preguntas.

¿QUÉ DÍA ES HO.....? ....

¿QUÉ DÍA ERA A.....ER? ....

18. Compara estas imágenes y busca las 6 diferencias. Pinta un círculo cada vez que encuentres una.

19. Busca estos objetos en las imágenes:

PELUCA

ALMOHADA

SOMBRERO

LIBRO

20. Stitch solo necesita 3 pistolas. Resuelve estas operaciones y escribe el némero que falta que el resultado sea 3.

.... - 7 = 3

.... - 2 = 3

4 - .... = 3

15 - .... = 3

Las estaciones del año

21. A Lilo y Stitch les encanta ir a la playa. Observa la escena y contesta las preguntas.

¿Qué está haciendo Lilo?

¿Qué estación del año crees que es?

¿Te gusta bañarte en el mar?

22. Elige la prenda de ropa que corresponde a cada estación del año y subráyala.

OTOÑO	BAÑADOR / ABRIGO
INVIERNO	BUFANDA / TIRANTES
PRIMAVERA	VESTIDO / GORRO
VERANO	LEOTARDOS / BAÑADOR

La letra Q

23. Añade la letra **Q** y completa las palabras. Léelas en voz alta.

MANTE……UILLA

PA……UETE

BOS……UE

Q DE PARQUE

24. Fíjate en las palabras de la actividad anterior. ¿Qué letra va siempre detrás de la **Q**?

A E I O U

Laberinto

25. Enséñale el camino a Pleakly para llegar hasta Jumba.

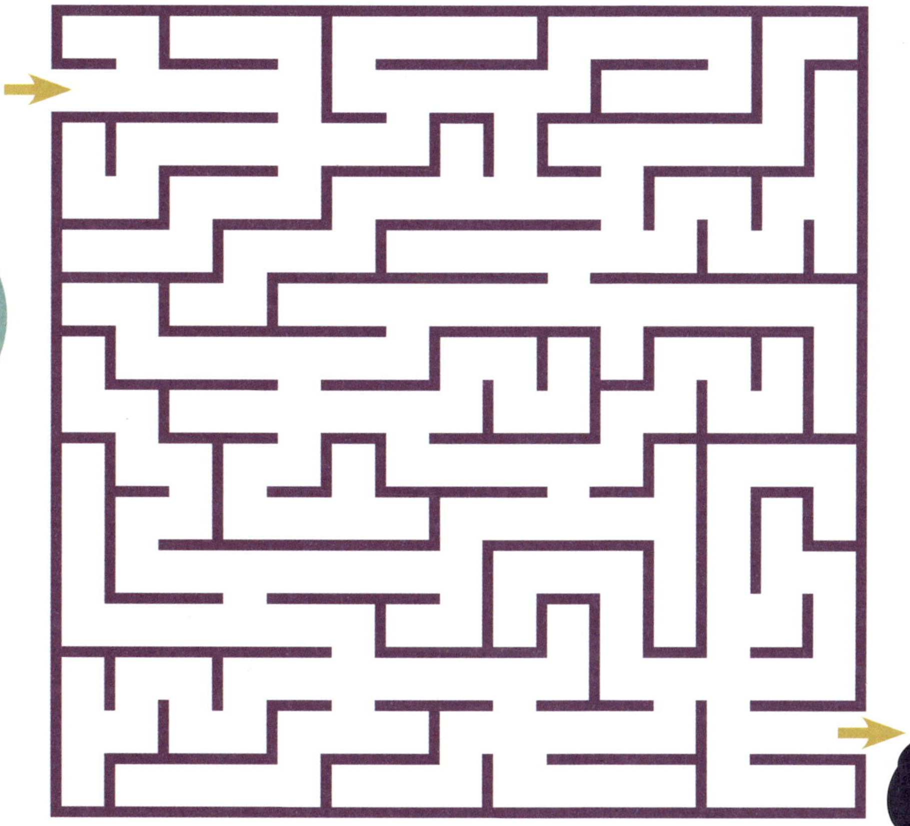

26. Traza las palabras.

PLEAKLY

Y JUMBA

Círculo y rectángulo

27. Fíjate en la imagen e identifica un objeto con forma de círculo y otro con forma de rectángulo.

RECTÁNGULO

CÍRCULO

28. Pinta los círculos de color rojo y los rectángulos de color amarillo.

29. Nani y Lilo van a la perrera para adoptar a un nuevo amigo. Observa la imagen y contesta las preguntas.

¿Qué animales ves?

¿Vives con alguna mascota?

¿Por qué están enjaulados los animales?

30. Lee en voz alta el sonido de estos animales e imítalo. ¿Cuál te sale mejor?

GALLINA CO CO CO CO CO

CABALLO HIIIIIIIIII

LEÓN GROAAAAAAR

31. Añade la letra **Ñ** y completa las palabras. Léelas en voz alta.

PA.............UELO

NI.............O

U.............A

Ñ DE PIÑA

32. Resuelve esta adivinanza y escribe la palabra:

Soy muy pequeña y me gusta tejer. Bajo desde el techo hasta el suelo caer.

Soy la ....

33. ¿Cómo describirías cada imagen sin decir las dos palabras de debajo?

TRICICLO

RUEDA

COPA

GANAR

MAR

CARACOLA

BANDEJA

COLEGIO

Series numéricas

34. Completa las series con los números que faltan.

8 ◯ 6 ◯ 4 ◯ 2 ◯

14 ◯ 10 ◯ 6 ◯ 2

1 ◯ 7 ◯ 13 ◯ 19

35. Ahora, fíjate en el ejercicio anterior y contesta las siguientes preguntas:

¿Cuál es el número mayor? ....

¿Cuál es el número menor? ....

36. David es el mejor surfeando las olas. Observa la imagen y contesta las preguntas.

¿Qué hacen David y Lilo?

¿Por qué sonríen David y Lilo?

¿Crees que te aguantarías de pie en una tabla?

37. Escoge uno de estos deportes y haz ver que lo practicas. Luego explica por qué lo has escogido.

YOGA

BALONCESTO

SURF

TENIS

Las letras BL

38. Añade las letras **BL** y completa las palabras. Léelas en voz alta.

.............USA

NIE............A

OM............IGO

BL DE TABLA

39. Escribe una frase que incluya estas palabras:

MUEBLE BIBLIOTECA

....

Triángulo y cuadrado

40. Traza estas formas y escribe cuántos lados tiene cada una.

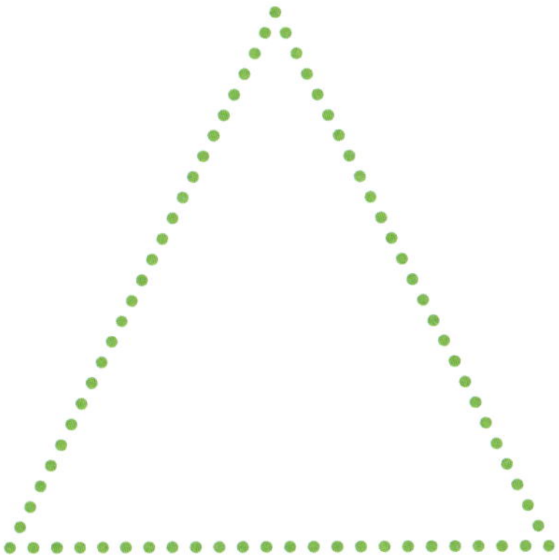

Tiene .... **lados**

Tiene .... **lados**

41. Observa a tu alrededor y dibuja una cosa que tenga forma de cuadrado y otra de triángulo.

42. Pinta el dibujo según el modelo o con los colores que más te

43. Pinta el dibujo como más te guste. ¿Qué objetos llevas cuando vas a la playa? Dibújalos en la arena.

Las letras FL

44. Añade las letras **FL** y completa las palabras. Léelas en voz alta.

............AN

............AUTA

............EQUILLO

FL DE FLOR

45. Colorea el recuadro de las palabras con las letras **FL**.

RIFLE	FLOTADOR
FALDA	FRÍO

46. Pleakley recibe una llamada de alguien preguntando por el Experimento 626. Ordena las letras y descubre quién ha hecho esa llamada.

LA GRAN

....

N J E C L A O C

47. ¿Quién es el Experimento 626?

STITCH

Series de colores

48. Stitch se prepara para la Navidad. Ayúdale y pinta las luces del color que corresponda siguiendo la serie.

? ? ?

¿Cuántas luces rojas hay en total?

La escuela

49. A Stitch le gusta mucho acompañar a Lilo a la escuela. Observa la imagen y contesta las preguntas.

¿Te gusta ir al colegio? ¿Por qué?

¿En qué curso estás?

¿Qué tiene Stitch en las manos? ¿Para qué sirve?

50. Escribe el nombre de tu escuela.

....

La letra X

51. Añade la letra **X** y completa las palabras. Léelas en voz alta.

E..........TRATERRESTRE

..........ILÓFONO

A..........ILA

X DE EXPERIMENTO

52. Escribe dos palabras más que tengan la letra **X**:

....

53. Ordena y explica qué pasa en cada escena usando las siguientes expresiones.

1 AL PRINCIPIO
2 DESPUÉS
3 ENTONCES
4 AL FINAL

La luna y la estrella

54. Lilo y Stitch se han quedado cantando hasta que se ha hecho de noche. Traza la luna y las estrellas que faltan.

55. Por la noche sale la luna. ¿Qué sale durante el día? Dibújalo y escribe su nombre al lado.

....

56. Stitch está interpretando una obra de Shakespeare. ¿Ser o no ser? Esa es la cuestión. Observa la imagen y contesta las preguntas.

¿Qué tiene Stitch en la mano?

¿Has ido alguna vez al teatro? ¿Qué obra has visto?

¿Te gustaría ser actor o actriz? ¿Por qué?

57. En el teatro los intérpretes se disfrazan de los personajes a los que interpretan. ¿De qué se podrían disfrazar con estos elementos?

BATA BLANCA

RELOJ

CORBATA

SOMBRERO

Las letras RR

58. Añade las letras **RR** y completa las palabras. Léelas en voz alta.

CA .... O

TO .... E

CO .... ER

RR DE GUITARRA

59. Escribe **R** o **RR**, según necesite cada palabra:

ZO .... O

PA .... ED

TIE .... A

CA .... ICIA

60. A juzgar por su expresión, ¿cómo crees que se siente Stitch en estas imágenes? Relaciona cada imagen con la emoción correcta.

- ABURRIDO
- ENFADADO
- SORPRENDIDO
- TRISTE

61. ¿Te has sentido alguna vez así? ¿Cuándo?

62. ¿Te has fijado que cuando Stitch muestra su forma alienígena le crecen más brazos? Realiza las operaciones y contesta la pregunta.

$1 + 1 + 1 + 1 =$ ....

$1 \times 4 =$ ....

$2 + 2 =$ ....

$2 \times 2 =$ ....

¿Cuántos brazos tiene Stitch en esta imagen?

63. ¿Qué tiene Stitch en la cabeza, entre las orejas?

A N T E N A S

64. Lilo y Stitch se han hecho muy amigos. Observa la imagen y contesta las preguntas.

¿Qué hacen Lilo y Stitch?

¿Cómo demuestras a tus amigos que los quieres?

¿Qué es lo que más te gusta de tus amigos?

65. ¿Quiénes son tus amigos? Escribe el nombre de dos de ellos:

....

66. A Lilo le encantan los cuentos. Pinta el dibujo como más te guste.

¿Qué otros cuentos conoces?

67. Mira las páginas del cuaderno e inspírate para colorear a Lilo y Stitch.

La letra CH

68. Añade las letras **CH** y completa las palabras. Léelas en voz alta.

CUCARA .... A

.... OCOLATE

.... UPETE

CH DE COCHE

69. Ordena las sílabas y escribe la palabra. Dibújala.

CHE TA CHIN

....

70. Nani, Lilo y Myrtle están listas para la competición. Solo una ganará. ¿Ya sabes quién? Sigue las pistas y adivínalo.

1. Tiene el pelo largo
2. No lleva gafas
3. Su bañador no tiene dos piezas

71. Escribe los siguientes adjetivos en la columna de Lilo o Stitch según consideres.

SOLITARIA **FUERTE** **DIVERTIDO** **GENEROSA**

LILO	STITCH
....	....
....	....

72. Stitch adora los helados. ¡Ha hecho una torre de 8 bolas de sabores! Si las repartiese en 4 cucuruchos, ¿cuántas bolas tendría en cada uno? Dibújalas.

Cada cucurucho tendría .... bolas

73. ¿Cuál es tu sabor de helado favorito? Escríbelo.

....

74. A Lilo y Stitch les encanta descubrir nuevos lugares. Observa la imagen y contesta las preguntas.

¿Qué ves en las fotografías?

¿Has ido alguna vez en tren? ¿Y en avión?

¿Te gusta la montaña? ¿Por qué?

75. Estos vehículos sirven para viajar, pero no todos lo hacen por el mismo medio. Relaciona cada uno con su medio correspondiente.

BARCO •	• TIERRA
AVIÓN •	• MAR
COCHE •	• AIRE

Las letras BR

76. Añade las letras **BR** y completa las palabras. Léelas en voz alta.

LI .... O

.... UJA

SOM .... A

BR DE COBRA

77. Es el nombre de un animal de la sabana con rayas negras y blancas. ¿Sabes cómo se escribe?

CEBRA ◯

ZEBRA ◯

CEBAR ◯

78. Completa este sudoku con los dibujos que faltan sin que se repitan en ninguna fila ni columna.

79. Traza la palabra y léela en voz alta. ¿A quién se los das tú?

B E S O S

Calcula

80. ¿Qué significa cada signo? Traza las palabras.

+ SUMA − RESTA

81. Escribe los signos + o − según convenga.

6 ○ 2 = 4

3 ○ 6 = 9

5 ○ 4 = 1

4 ○ 8 = 12

10 ○ 7 = 3

10 ○ 7 = 17

13 ○ 6 = 7

El desayuno

82. En casa de Lilo es hora de desayunar. Observa la imagen y contesta las preguntas.

¿Qué lleva Nani en la mano?

¿Qué fruta tienen Lilo y Stitch en el plato?

¿Qué desayunas tú?

83. Escribe el nombre de una fruta roja, otra amarilla y otra verde.

Mayúsculas y minúsculas

84. Observa las palabras en minúscula de esta imagen. Escríbelas al lado en MAYÚSCULA.

loro ....

gafas ....

tortuga ....

rana ....

85. Busca dos elementos más en la imagen y escribe uno en MAYÚSCULAS y otro en minúsculas.

....

86. ¿Estás listo para resolver este enigma matemático? Sigue las instrucciones en cada caso.

Coloca estos números en las casillas correspondientes para que todas las líneas sumen 11.

1 4 5 2 6

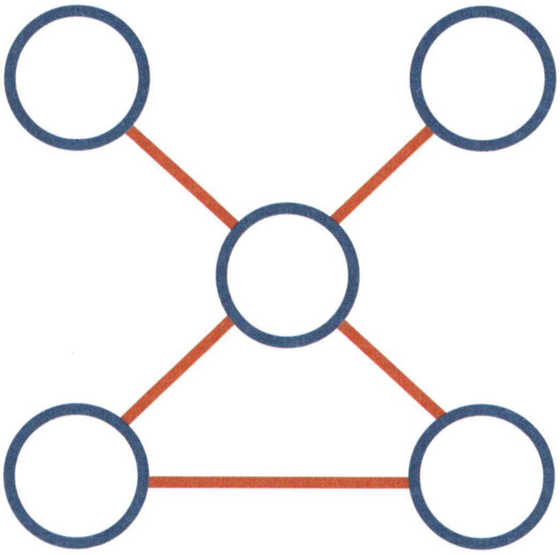

Coloca estos números en las casillas correspondientes para que todas las líneas sumen 10.

1 3 5 2 7

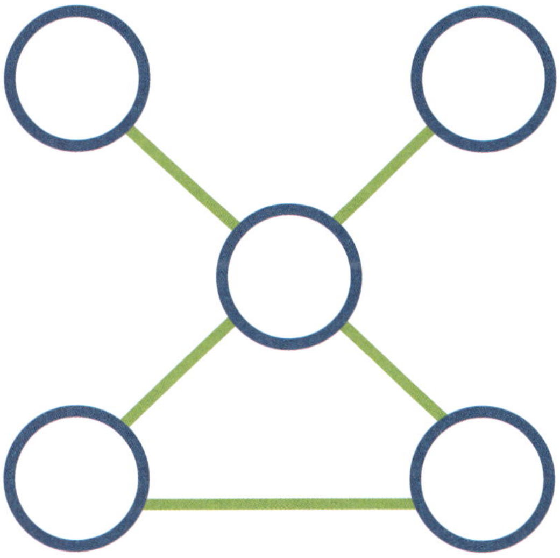

Masculino y femenino

87. Lilo y Stitch se han hecho un lío con una parte del cuento del Patito feo. Rodea la palabra que corresponda en cada caso.

Pasaron los días y todos los / las animales de el / la granja se burlaban de él. El / La patito feo se sintió muy triste y un / una noche escapó de el / la granja para buscar un / una nuevo hogar.

88. Traza las palabras.

EL CUENTO

LA HISTORIA

89. Responde a estas preguntas sobre ti en voz alta. Luego, pregúntaselas a un amigo o a un familiar.

¿Cómo te llamas?

¿Cuál es tu peli favorita?

Si tuvieras que ser un animal, ¿cuál serías?

Si tuvieras que ser un alimento, ¿cuál serías?

¿Qué es lo que más te gusta de ti?

90. Ahora mírate al espejo y dibújate.

91. Stitch es el mejor amigo de Lilo. Dibuja a tu mejor amigo o amiga.

¿Cómo se llama? ¿Qué es lo que más te gusta de él o ella?

92. Nani es la hermana de Lilo. Dibuja a alguien de tu familia.

¿Cómo se llama?
¿Qué es lo que más te gusta de él o ella?

La figura correcta

93. Los colores de estos cuadrados se han desordenado. Fíjate en el ejemplo y pinta los cuadrados pequeños siguiendo la dirección de las flechas.

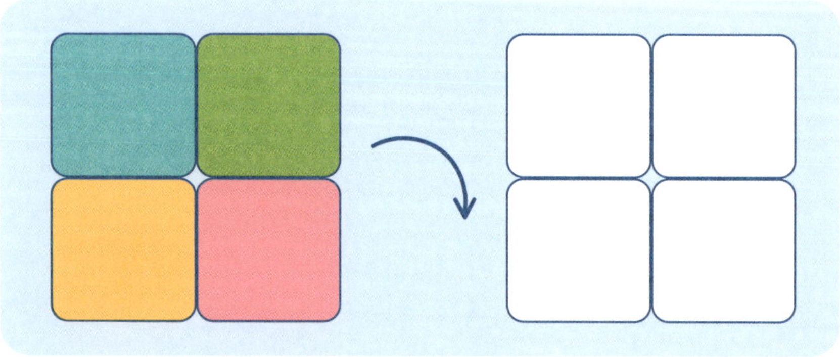

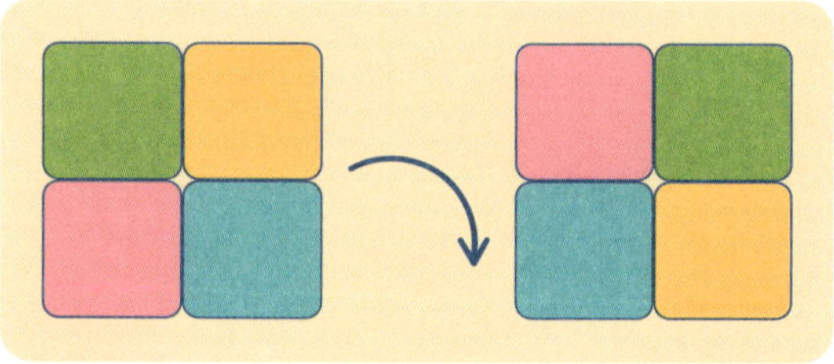

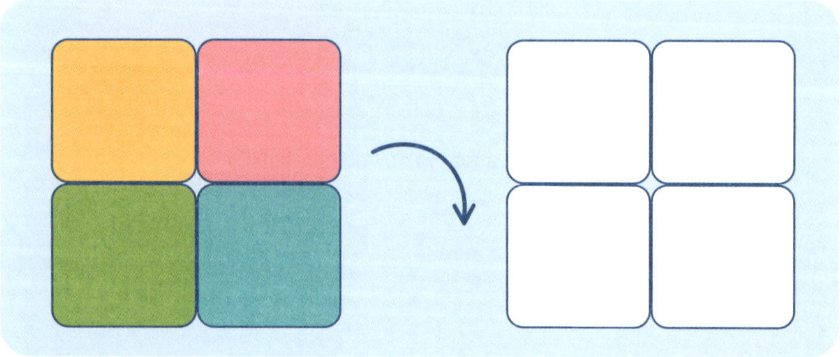

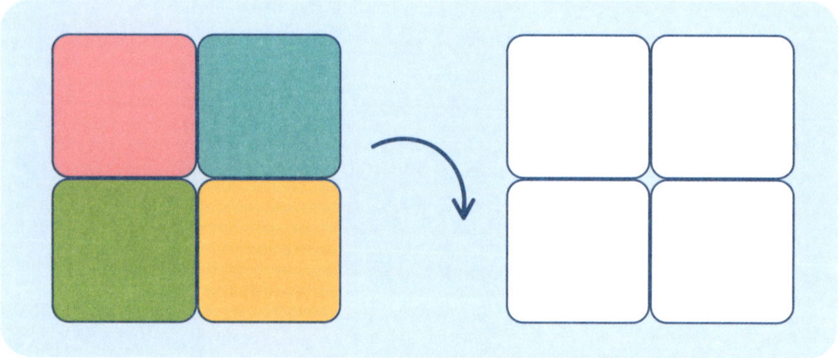

94. Fíjate en la imagen y dibuja un círculo alrededor de la sombra correcta.

95. Traza la palabra.

FLOTADOR

Singular y plural

96. Observa la imagen y rellena las frases con las palabras que faltan:

Hay 4 ______ rojas.

PELOTA / PELOTAS

Hay 1 ______ verde.

RANA / RANAS

Hay 1 ______ gris.

CANASTA / CANASTAS

Hay 3 ______ jugando.

NIÑO / NIÑOS

97. Escribe el plural.

OREJA ....

OJO ....

NARIZ ....

BOCA ....

98. La profesora de Lilo está asombrada con la inteligencia de Lilo y Stitch. Fíjate en la imagen y contesta las preguntas.

¿Cuántos círculos amarillos enteros hay en total?

¿Cuántos círculos rojos enteros hay en total?

¿Cuántos círculos verdes enteros hay en total?

99. Rellena los espacios en blanco y escribe una carta que explique quién es tu familia.

Hola.

Me llamo...

y tengo .... años.

Vivo con mi/s .... y se

llama/n ....

.. .

Con mi .... juego a ....

..

y me gusta porque ....

.. .

100. Esta es la familia de Lilo. Busca una foto de tu familia y engánchala al lado.

101. Escribe aquí debajo los nombres de las personas que salen en la foto:

....

Abecedario

Aa AMIGO amigo	Bb BICICLETA bicicleta	Cc CARACOLA caracola	Dd DIBUJO dibujo
Ee ESCUELA escuela	Ff FAMILIA familia	Gg GUITARRA guitarra	Hh HELADO helado
Ii ISLA isla	Jj JUEGO juego	Kk KIWI kiwi	Ll LIBRO libro
Mm MAR mar	Nn NADAR nadar	Ññ PIÑA piña	Oo OLA ola
Pp PLANETA planeta	Qq QUERER querer	Rr RESTAURANTE restaurante	Ss SURF surf

Tt
TELÉFONO
teléfono

Uu
UNIÓN
unión

Vv
VINILO
vinilo

Ww
WINDSURF
windsurf

Xx
XILÓFONO
xilófono

Yy
YO
yo

Zz
ZAPATO
zapato

Crea tu propio abecedario utilizando otras palabras de ejemplo. ¿Te atreves?

Trazar palabras

STITCH
Stitch

LILO
Lilo

ANGEL
Angel

SCRUMP
Scrump

PLEAKLEY

Pleakley

JUMBA

Jumba

¿Qué personajes faltan? Repasa las páginas del cuaderno y escribe sus nombres.

....

....

....

Más dibujos

¿Te gusta Carnaval? ¿De qué te has disfrazado?

¿Qué tiene Lilo en la mano? ¿Cómo crees que se siente?

Soluciones

Página 6:
1. **H**ERMANAS, **K**OALA.
2. FAMILIA.

Página 7:
3.

4. LUNA.

Página 8:
5. Hay 11 elementos.

6. (1) 2 (3) (4) 5 (6) (7) 8 (9) 10

Página 10:
9. **LL**ORAR, BA**LL**ENA, AMARI**LL**O.
10. LA ANI(LL)A DEL (LL)AVERO NO TIENE (LL)AVE.
3 palabras contienen la letra **LL**.

Página 11:
11.

B	A	Ñ	E	R	A	E	P
S	F	H	I	O	H	S	F
J	A	B	O	N	R	P	E
I	P	K	D	U	A	E	U
X	E	S	P	O	N	J	A
C	E	P	I	L	L	O	C

Página 12:
13. 3 + 7 + 4 + 2 = 16
8 + 3 + 7 + 5 = 23

6 + 1 + 9 + 2 = 18

Página 13:
14. Nani trabaja de camarera en un restaurante.

Página 14:
16. **Y**OGUR, RE**Y**, DESA**Y**UNO.
17. ¿Qué día es ho**y**? / ¿Qué día era a**y**er?

Página 15:
18.

19.

Página 16:
20.
[10] - 7 = 3 4 - [1] = 3
[5] - 2 = 3 15 - [12] = 3

Página 17:
22.

OTOÑO	BAÑADOR / (ABRIGO)
INVIERNO	(BUFANDA) / TIRANTES
PRIMAVERA	(VESTIDO) / GORRO
VERANO	LEOTARDOS / (BAÑADOR)

Página 18:
23. MANTE**Q**UILLA, PA**Q**UETE, BOS**Q**UE.
24. Detrás de la **Q** siempre va la **U**.

Página 19:
25.
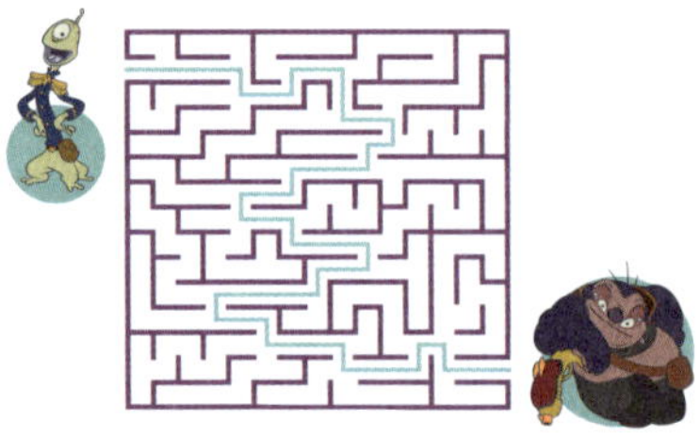

Página 20:
27. RECTÁNGULO: FELPUDO / CÍRCULO: DISCO DE VINILO
28.

Página 22:
31. PA**Ñ**UELO, NI**Ñ**O, U**Ñ**A.
32. LA ARAÑA.

Página 24:
34. 8 (7) 6 (5) 4 (3) 2 (1)
14 (12) 10 (8) 6 (4) 2
1 (4) 7 (10) 13 (16) 19

35. El número mayor es el 19. / El número menor es el 1.

Página 26:
38. **BL**USA, NIE**BL**A, OM**BL**IGO.

Página 27:
40. EL TRIÁNGULO TIENE 3 LADOS.
EL CUADRADO TIENE 4 LADOS

Página 30:
44. **FL**AN, **FL**AUTA, **FL**EQUILLO.

45. FLOTADOR
RIFLE

Página 31:
46. LA GRAN **CONCEJALA**.

Página 32:
48. 
Hay 4 luces rojas.

Página 34:
51. E**X**TRATERRESTRE, **X**ILÓFONO, A**X**ILA.

Páginas 35:
53. 

Páginas 36:
55. Por el día sale el sol.

Páginas 38:
58. CA**RR**O, TO**RR**E, CO**RR**ER.
59. ZO**RR**O, PA**R**ED, TIE**RR**A, CA**R**ICIA.

Páginas 39:
60. 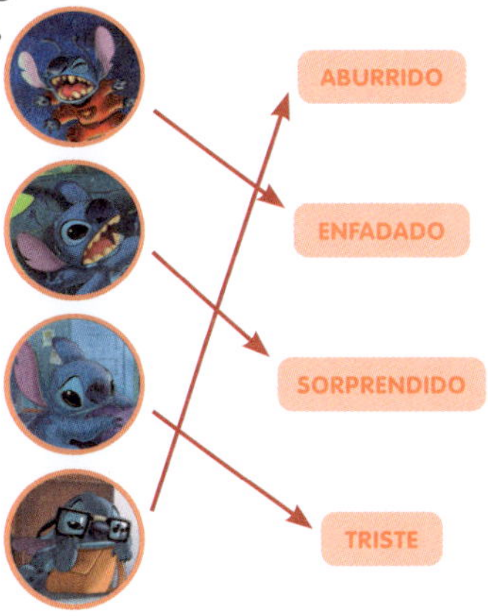

Página 40:
62.
$1+1+1+1=4$
$1 \times 4 = 4$
$2 + 2 = 4$
$2 \times 2 = 4$

Página 44:
68. CU**CH**ARA, **CH**OCOLATE, **CH**UPETE.
69. CHINCHETA.

Página 45:
70. LILO.
71. LILO: SOLITARIA, GENEROSA
STITCH: FUERTE, DIVERTIDO

Página 46:
72. CADA CUCURUCHO TENDRÍA 2 BOLAS.

Página 47:
75. 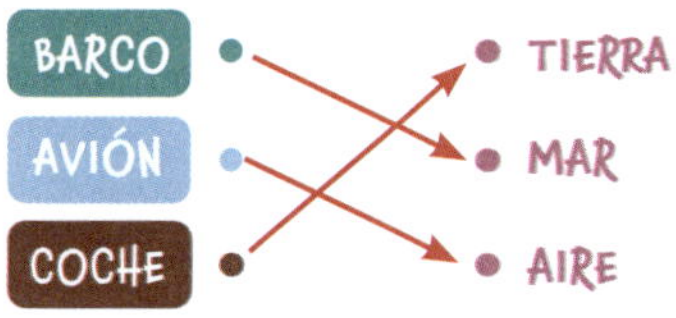

Página 48:
76. LI**BR**O, **BR**UJA, SOM**BR**A.
77. CEBRA.

Página 49:
78. 

Página 50:
81.
$6 - 2 = 4$ $10 - 7 = 3$
$3 + 6 = 9$ $10 + 7 = 17$
$5 - 4 = 1$ $13 - 6 = 7$
$4 + 8 = 12$

Página 51:
83. ROJA - CEREZAS / VERDE - PERA / AMARILLA - PLÁTANO

Página 52:
84. tortuga - TORTUGA / loro - LORO / gafas - GAFAS / rana - RANA.

Página 53:
86. 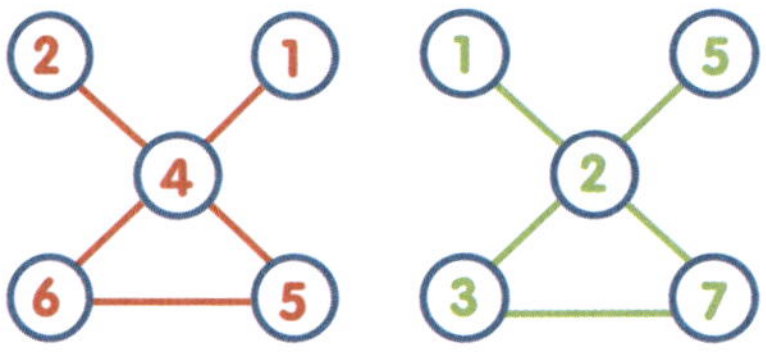

Página 54:
87. Pasaron los días y todos los animales de la granja se burlaban de él. El patito feo se sintió muy triste y una noche escapó de la granja para buscar un nuevo hogar.

Página 58:
93. 

Página 59:
94. 

Página 60:
96. HAY 4 PELOTAS ROJAS. / HAY 1 RANA VERDE. / HAY 1 CANASTA GRIS. / HAY 4 NIÑOS JUGANDO.
96. OREJAS / OJOS / NARICES / BOCAS.

Página 61:
98. HAY 0 CÍRCULOS AMARILLOS. / HAY 1 CÍRCULO ROJO. / HAY 2 CÍRCULOS VERDES.

Otros títulos de la colección

¡Aprender nunca ha sido tan divertido!